시 벼락

김연숙 시인의 다섯 번째 시집

새로운 세상의 숲
신세림출판사

시 벼락을 맞다

네 번째 시집 원고를 탈고하고
아직 출판도 되지 않는 시점에서
설명할 수 없는 마음의 뜨거움과 흥분을
걷잡을 수 없어서
그냥 쓰고 또 썼다.

뭐가 뭔지 나도 모르겠다.
2025년 8월 21일부터 동년 9월 29일까지
한 달 하고 일주일 사이에
그러니까, 40여 일도 안 되어
120편의 시가 써졌다.
꼭, 새벽 두세 시면
미친 듯이 그냥 써졌다.

내가 쓴 건지 누가 쓴 건지
나도 잘 모르겠다.

내가 쓴 것 같기도 하고
아닌 것 같기도 하고.

그러면서 마음에서는
바람처럼 속삭인다.

이건 내가 부르는
내 노래 내 소리라고.

아! 그럼, 갑자기
목청이 틔였나?
시문(詩文)이 열린 것일까?

2025년 9월 29일

캐나다 토론토에서 김연숙 쓰다

차례

차례

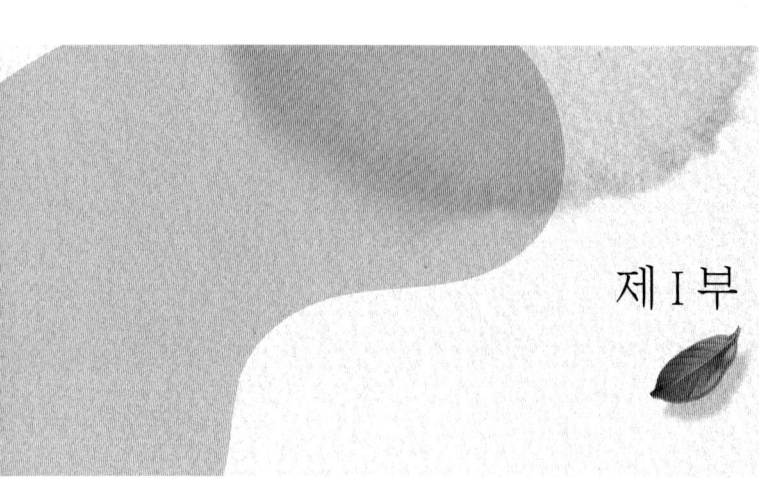

제 I 부

가을·1

그리움의 무게를 못 견디고
나뭇잎이 뚝뚝 떨어집니다.
가을입니다.

가슴 찡한 햇빛도
나를 우뚝 세웁니다.
가을입니다.

들꽃 향이 바람 속에서
낮은 목소리로 속삭입니다.
가을입니다.

빌딩의 그림자가 더 외롭고
처량하게 늘어서 있습니다.
가을입니다.

하얀 뭉게구름이 노랫가락에
두둥실 떠다닙니다.
가을입니다.

텅 비어 있습니다.

공허합니다.
가을입니다.

쓸쓸함 속에
모든 것이 저물어 갑니다.
가을입니다.

전율처럼 살아있는
서러움이 나를 감쌉니다.
가을입니다.

해마다 불어오는 바람이
얼굴을 달리합니다.
가을입니다.

-2025년 8월 26일

가을·2

아직 미련이 남아 있는
귀뚜라미 쓸쓸히 울어도

흔들리는 코스모스는
가을의 숨결입니다.

가고 또 가는 저녁놀도
가을의 풍경입니다.

바람이 스칠 때,
가을을 안아봅니다.

가을은
하나의 뜰이 되어,

그렇게
늘 곁에 머뭅니다.

-2025년 8월 27일

가을·3

오늘은 공허한 색,

마음속 바람은
어디로 가야 할지 몰라
발만 동동거릴 때,
뿔뿔이 흩어진 생각들이
작은 메아리로 돌아온다.

오늘은 회색,
말없이 흐르지만
신비한 그리움에 젖어
마음속 산들바람에도
쉽게 흔들리는 감수성이
작은 불씨 되어 숨어있다.

-2025년 8월 21일

가을·4

낙엽은 길을 알고 떨어지고
내 마음은 갈 곳 몰라 허둥대며
허공을 떠도는데

가을바람 불어오니
옛날에 그림자가
나를 불러 세우네.

햇볕 가득한 창 아래서
이 생각 저 생각 오만가지 생각에
마음이 헛갈리지만

그러나 알게 되리.
쓸쓸함도 결국
한 계절의 노래임을.

-2025년 8월 17일

가을·5

허허 들판에
홀로 서 있는 가을이
다홍치마 휘날리며
노란 들판 휘저을 때,

참새들은 놀라 도망가고
머슴들은 메뚜기 잡아 엮어서
잡초 위에 불피워
만찬을 즐기네.

한 입 받아먹은 나에게
할아버지의 걱정스러운 한마디
여자가 메뚜기 먹으면
물동이가 깨진다고.

그 소리 들으며
샘가 곁에 앉아서
하하 호호 웃는
물 길러 온 아낙들

-2025년 8월 27일

가을·6

가을바람이
나뭇잎을 팽개치듯,

누군가의 마음도
멀어져 가는 날,

내 안에 가득한 말들은
길을 잃고 서성입니다.

가을 저편에서.

오늘의 고통이
나를 붙들어도

시간은 기어이
다시 꽃을 피울 테니

당신의 마음도 언젠가 다시
환히 열릴 것입니다.

가을 저편에서.
-2025년 8월 28일

가을·7

스산한 바람 속에
가을 그림자가
내 마음에 누워있고

떠가는 구름조차
남의 속도 모르고
유유자적하거늘

쓸쓸한 바람 불어도
하늘은 여전히 깊고
나를 잊지 않았네.

어느 순간
당신의 숨결처럼
따스하게 돌아오기 위해.

-2025년 8월 28일

가을·8

가을은,

그 아픔도, 그 그리움도,
시가 되어 있네.

맑은 가을바람 불어
내 마음도 쓸어 주고

하얀 구름, 구슬 되어
잔디 위에 내려앉고

낙엽 진 산 위를 맴도는
기러기 떼,

고향 찾아 떠나는 길
미리 알려 그러느뇨.

-2025년 8월 28일

가을·9

가을,
향기
내 손에 닿아
한 줄의 시가 되었고,

가을,
허전한 바람 불 때
휘영청 달빛 되어
툇마루에 걸터앉았고,

가을,
볏짚으로 엮어 놓은
초가지붕 위에 늙은 호박은
온종일 낮잠을 자고,

가을,
외로움이
내 마음을 흔들어
쓸쓸한 글이 되었습니다.

-2025년 9월 28일

가을·10

가을밤 창가에
살포시 숨을 놓고

빛바랜 낙엽 하나 손에 쥐고
길게 늘어진 하늘을 바라보네.

바람에 실린 먼 기억들이
가슴에 살짝 스쳐 가면서

내 머리칼을 살랑 흔들고
대답처럼 내 뺨을 만져 주네.

안개처럼 스며드는
위로와 사랑을 속삭이는 건

우리가 이어 가는
가을의 대화입니다.

-2025년 8월 8일

우주·1

밤하늘에
흩어진 별들을
손끝으로 세어볼 수 없지만

그 빛 하나하나가
심장 속에 스며들어
마음에 깃든다.

당신의 존재가
마음 깊은 곳을 환히 밝혀 주어
그저 감사할 뿐이다.

-2025년 8월 22일

우주·2

하늘 속 숨결
빛과 어둠 사이에 내 마음 깃든다.

별들은 속삭이며
투명한 실로 은하를 이어 놓은 듯,

꿈결처럼 흘러
내 작은 존재를 감싼다.

 은빛 먼지처럼
흩어지는 시간 속에서

나는 숨 쉬고,
나는 존재하며,

우주,
그저 함께 있어 고맙다.

-2025년 8월 22일

우주·3

흐릿한 별빛은
과거의 시간을 담고

바람에 스쳐
내 손끝에 닿는 순간

모든 고요가
감사로 번진다.

그 별빛 아래
오솔길 따라 걷노라니

밤바람에 스치는 추억마다
내 마음 고요히 머문다.

가녀린 나의 숨결도
우주 품에 안겨

바람과 달빛과 그리움이
하나가 된다.

-2025년 8월 22일

우주·4

세월이 흐를수록
내 마음속 감사는

경이로움으로 떨리며
수정처럼 청청히 빛나,

내 안팎 모든 순간을
감싸 안는다.

밤하늘에 눈 감으면
끊임없이 요동치는

우주의 부분임을 깨닫고
그저 존재함에, 살아있음에

고개 숙여
감동으로 감사를 바친다.

-2025년 8월 22일

우주·5

허공에 가득한 숨결,
바람 되어 서로 만나
깊은 마음에 파고든다.

마음속 별들은 춤추고
살며시 노래하며 꿈결처럼
요람 속 나를 흔들어 준다.

아! 시간과 공간이
서로 알아보지 못한
휘어진 거대한 캠퍼스!

그 속에서,
나는 숨 쉬고,
나는 존재하며,

스며들 듯하나 되어
함께 있음에
우주! 그저 고맙다.

-2025년 8월 22일

우주·6

수많은 작은 빛 점들이
눈망울에 여울지며 떠돌면
노래가 되고
감사가 휘황찬란하다.

꿈꾸는 오로라 빛을 모아
은하의 한 줄기, 별빛의 흔들림
몰아치는 바람과 함께
끝없이 펼쳐진 우주 속을 떠돈다.

설렘과 은하수길 따라 걷노라면
작은 떨림조차 우주의 품에 안겨
동그라미 그려 가며
나랑 하나가 된다.

-2025년 8월 22일

우주·7

나는 이제 별빛 속에 녹아
흔들리는 잎새 되어

시간과 빛의 흔적 따라
함께 숨 쉬며

시공간이 파동처럼 흔들리며
끝없는 우주를 유영한다.

밤하늘에 눈 감으면
간절한 마음 모아,

나는 별이 되고, 바람이 되고,
은하가 되고, 그대가 되어

그저 존재함, 살아있음 자체가
무한한 감사가 된다.

-2025년 8월 22일

우주·8

신비가 숨 쉬는
거대한 정원에서,

모든 고요가 노래가 되고
감사가 폭죽처럼 터진다.

숨결조차
우주 품에 안겨

끊임없이 에너지가 요동치는
광활한 우주를 걸으며

함께 한다는 느낌만으로도
짜릿한 감사에 파르르 떤다.

-2025년 8월 22일

우주·9

초록빛 작은 행성 따라
은하수 길 걷노라면

은하가 춤추듯 흘러가고
동그라미 그리는 물방울처럼

이 순간, 우주와 함께
숨 쉬는 것만으로

설레이고, 설레이고, 떨리고, 떨리는
충만한 기쁨이 차오른다.

사랑으로 가득 찬 그대!
눈물 속의 아름다움이어라.

-2025년 8월 22일

우주·10

마음에 그려진 별빛마다
내 마음 사무치게 머문다.

감사함이 햇빛처럼 빛나는
흘러가는 시간 속에서
이 순간 나는 온전히
살아있음을 느낀다.

시간과 빛의 흔적.
보이지 않는 힘.

과거와 현재가 섞인
거대한 그림 속,

무한한 가능성이
어우러진 살아있는 그림.

그 속에서 나는
황홀한 꿈속을 헤맨다.

우주!! 그저

바라볼 수 있다는 것만으로도

"감사합니다"가
폭포수처럼 흘러나온다.

-2025년 8월 22일

우주·11

신비한 기운이 온몸을 감싼다.
거대한 호흡이 나와 함께한다.

파란 하늘 위에 흰 구름이 둥둥
내 심장을 북 되어 두드린다.

그 벅찬 떨림은,
내가 존재한다는 사실이다.

우주와의 약속이었음을
또 일깨워 준다.

그래서 나는 오늘도
하늘을 바라본다.

그리고 묵묵히 듣는다.
우주는 말없이 속삭인다.

"너는 나와 함께 있다."

-2025년 8월 30일

우주·12

창공에 휘날리는 바람 사이에서
나는 우주의 숨결을 듣는다.

전율이 온몸을 적시며,
보이지 않는 손길을 느낀다.

그 안에 담긴 구름 한 조각,
빛 한 줄기, 풀 한 포기,

내 곁을 스쳐 가는 모든 것이
우주의 숨결이라는 것을.

-2025년 8월 30일

까꿍·1

아직도,
살며시 웃음 짓는 그대,
나는 오늘도 까꿍, 하고 불러 봅니다.

그대 향기 남아 있는 창가에
스며드는 바람이 허공을 더듬으니
심장은 애틋하게 그대를 부릅니다.

그리움이 가슴을 후벼 파지만
까꿍, 하고 불러 보며
그대와 나 사이를 이어 봅니다.

-2025년 8월 21일

까꿍·2

밤이 살짝 웃을 때,
나는 그대 이름 속으로
발뒤꿈치 들고 걸어 들어갑니다.

허공에 머문 그대 찾아
커다란 자석 손에 쥐고 술래잡기하듯
까꿍, 하고 불러 봅니다.

나를 찾아오는 그대의
가느다란 숨결이 바람 되어
내 마음을 휘영휘영 떠둡니다.

그대 이름 부르면 머나먼 꿈속에서
하얀 손수건처럼 살랑살랑 흔들며
까꿍, 하고 한걸음에 달려옵니다.

-2025년 8월 21일

까꿍·3

햇살이 눈 부신 창가에
그대 얼굴 떠올리며
"까꿍" 하고 속삭여봅니다.

바람이 스치면,
그대 웃으며 손을 흔드는 듯,
가슴 한쪽이 따스하게 떨립니다.

기억 속,
그대 눈빛 바라보며
말없이 안부를 묻습니다.

그리움이 애달피 스며들어
외로움이 더해 가니, 차라리
우리만의 마음을 채웁니다.

새벽이면 아침이슬 머금고
한낮엔 하얀 햇살에 눈감으며
밤이 오면 빛나는 별빛 아래,

여우야, 여우야, 어디 있니?

숨바꼭질하면서 술래잡기합니다.
"까꿍, 보고 싶었어"라며.

-2025년 8월 21일

까꿍·4

바람에 흔들려도
당신은 여전히 당신이다.

마음이 무너지는 날에도
당신은 여전히 당신이다.

보고픈 마음 굴뚝 같다는 건
정 깊은 사람이기 때문이다.

그러니 잠시 눈을 감고,
나를 꼭 안아보자.

따스한 햇살 되어
까꿍! 하며 그대 올 때까지.

-2025년 8월 21일

까꿍·5

오늘은 허공 속을 헤맸지만
그래도 누군가의 품이 그리웠다.

사랑받고, 위로받고 싶은 마음이
내 안에서 용광로처럼 타오른다.

뜨거움을 식히려고
애처로운 그대 모습 떠올린다.

-2025년 8월 21일

까꿍·6

가을바람 속에서
가을바람이 스치면
내 마음도 흔들린다.

지난날의 그림자들이
낙엽처럼 뒹굴면
내 마음도 애가 탄다.

그래도, 가을바람 끝 어딘가엔
분명 사무치는 그리움이
기다리고 있음을 나는 안다.

-2025년 8월 21일

까꿍·7

하늘을 바라볼 때마다
그 구름이 내 편지이고
그 바람이 내 손길이라오.

눈이 펑펑 오는 날에
하얀 아쉬움 되어
나는 갔지만,

하염없이 비가 오는 날에
눈물 되어,
당신 마음에 스며든다오.

은파처럼 반짝이는
내 그리움 보내니
부디 외로워하지 마요!

-2025년 8월 27일

까꿍·8

당신의 뺨을 스치는 바람 속에
하늘에서 띄운 그리움 담아

내 마음을 살포시 보내니
혹시 느껴지셨나요?

사랑하는 당신,

언제나 내 사랑은
당신 곁에 있습니다.

-2025년 8월 25일

까꿍·9

젊음,
가슴을 저며 오는 아름다움

햇빛을 받아
호수와 풀잎이 반짝거린다.

그 시절
당신의 웃음이 머물러 있고

쓸쓸한 바람은
내 마음 그 자리 따라 흐른다.

당신의 손길은 아득하지만
아직도 내 곁을 스치며 속삭인다.

"나는 여전히 너를 그리워하며
너를 사랑하고 있어."

-2025년 8월 21일

까꿍·10

파란 하늘 동산에
흰 구름 피어나면

당신이
나를 부른다.

바람은 속삭이고
그리움은 재가 되어

애처로이
당신 눈빛만 바라보니

나는 저만치
당신 곁에 서 있다.

-2025년 8월 21일

울지 마요, 마음아·1

울지 마요, 마음아,
험한 돌을 삼켜야 했던
아픔도 잠시 떠나 보내며
눈물도 쉬어가야 하리라.

그래야,

깊은 물결 숲에서
산호는 꿈꾸며 피어나고
산에도 진달래꽃 피어나면
그대도 웃으며 가리라.

-2025년 8월 23일

울지 마요, 마음아·2

하늘을 어루만지며
깊은 슬픔 속에도
연꽃은 곱게도 피어나네.

흙에 젖지 않고,
구름에 미역 감으며
고운 얼굴 하늘을 향하네.

내 마음 또한
향기로운 봄바람에 취해
새록새록 피어나네.

-2025년 8월 23일

울지 마요, 마음아·3

쓸쓸한 눈물 위로
사랑초 뭉클하게 피어나
내 마음을 감싸 주네.

휘영청 달 속 같은 적막 속에
고운 눈썹, 서글픈 기억이
철렁철렁 잠길 때도

흙탕물에 젖지 않고,
스스로 빛을 머금어
하늘을 향해 고개를 드니

시간의 틈새로 잔물결 일렁이며
말갛게 씻은 내 영혼에도
꽃 한 송이 피어나네.

-2025년 8월 23일

울지 마요, 마음아·4

노을이 지는 날,
휘청거리며
나를 안아 올립니다.

가시 되어 박힌 상처,
나를 찌르려 하지만
나는 오늘도 버팁니다.

언젠간 마른자리 되어
그 위에 모란꽃 피어나
그 향기에 취하리라 믿습니다.

-2025년 8월 23일

울지 마요, 마음아·5

사나운 비바람에
꽃잎 떨어지듯,

그대가 나에게 준 상처
무덤처럼 쌓여 있네.

어스름 초저녁
달님 찾아 헤매듯,

그대 향한 원망도
정처 없이 떠도는데

방울방울 밤이슬에
가슴 한쪽 도려내니

공허로 돌아가는
환상 같은 인생길에

사무치는 그리움만
덩그러니 앉아 있네.

-2025년 8월 23일

울지 마요, 마음아·6

내가 건넨 마음은
마포 바지 바람 새어나가 듯 흩어졌지만,
내 마음은 진정이었네.

맑고 투명한 수정처럼
진심을 보였을 뿐,

허나, 하양 그 마음
누가 알아주지 않아도
빛은 사라지지 않고,

애달픈 바이올린 선율처럼
깊은 숲에 들어온 별빛 되어
보드랍게 나를 지켜주네.

이끼가 파랗게 물들 듯,
내가 건낸 진정한 내 마음이
나를 다시 또 일으켜 세우리.

-2025년 8월 25일

울지 마요, 마음아·7

내 안에 숨어있는 촛불이
서서히 타오를 때,
차갑고 낯선 바람에 놀란 가슴.

따뜻한 마음 담아
타오르고 싶었지만
불씨가 꺼져가는 걸 보고

사랑이 상처받았다는 걸
애처롭게도
두근거리는 가슴이 알았네.

울지 마요, 마음아.
애달픈 나의 정은
그래도 사랑이었다네.

-2025년 8월 25일

울지 마요, 마음아·8

남몰래 흘린 눈물
억장이 무너져도

훌쩍거리는 순간마저도
마음은 한없이 정겨웠다.

몰라줘도 괜찮다
안아 주면 되니까.

빛나는 씨앗 되어
다시 꽃 피울 테니까.

-2025년 8월 26일

울지 마요, 마음아·9

나는 잘해 주려 했는데
돌아온 건 무시였다.

가슴이 두근거리고
억울함이 파도처럼 요동치고

이름 모를 바람이 흩어진 마음에
정처 없이 떠돌 때도 투명했듯이

휑한 밤, 나는 빛나고 싶었다.
영롱하게 흩어지는 물방울처럼.

-2025년 8월 26일

울지 마요, 마음아·10

매이지 않는 배 되어 떠돌 때도
달이 함께 숨 쉬고 있었다.

초승달 껴안으며 바람 곳에
쓸쓸한 소리 되어 서 있었다.

공허한 밤
달빛은 내 상처를 감싸 주고

세상이 몰라도
나는 여전히 그대로 있고

무심한 바람에
내 마음 흩어졌을 때도

나는 언제나처럼
잔잔히 달빛이 되어 있었다.

-2025년 8월 26일

순애 언니·123

순애 언니,
반세기가 훨씬 넘은 지금도
언니의 삶이 보따리 하나 들고
문밖으로 밀려났던 그 순간이,
내 마음 문턱을 넘어 서지 못하고
서성거리며 진한 아픔으로
남아 있습니다.

지금 생각하니 얼마나 막막했을까?
어디로 향했을까? 그저 아픔입니다.

서글픈 뒷모습에 담긴 눈물의 무게가
살을 에는 듯한 고통이 되어 감당하지 못해
이제야 마음으로 울고 웁니다.

이름을 불러도 대답 없는 세월이 쌓여
이제는 눈물보다 기도로,
안타까운 죄책감보다 사랑으로
언니를 불러 보려 합니다.

순애 언니,

혹시 하늘 어딘가에서 이 편지를
들으신다면 부디 용서해 주세요.

언니의 마음속 상처가 다 아물고,
지금은 따스한 햇살 아래 계시기를
나를 위해서도 바라고 또 바랍니다.

그때 나는 너무 어려서
세상의 사정을 다 몰랐습니다.

그저 "그만 나가야겠다."라는
말 한마디로 당신의 발끝이 허공에
멈추던 그 모습을 아무런 마음에 울림도 없이
그냥 그런가 보다 했었습니다.

순애 언니,
언니가 어쩔 수 없이 넘어야 했던
그 대문을 어느 때부턴가 마음으로
밟지 못한 채 살아왔습니다

그 후로 세월이 참 많이 흘렀지요.
내 머리엔 흰 머리가 내려앉고,
당신을 부르던 그 어린 목소리는
이렇게 떨리는 글씨가 되었습니다.

순애 언니,
그때 얼마나 막막하고 두려웠을까요.
누가 잡아주지도 않은 채 걸어가야 했던
그 발걸음이 느닷없이 떠오르며
통곡하는 마음으로 내 가슴을 칩니다

언니의 마음속 상처가 다 아물고,
지금은 문밖으로 떠밀리지 않고
따스한 햇살 속에 평안히 계시기를 바랍니다.

순애 언니,
혹시 이 세상 어딘가에서
꽃처럼 살아주셨다면 좋겠습니다.

언니의 손끝에 남아 있던 따뜻함이
누군가의 삶을 밝혀 주었기를.

생각날 때마다 간절히 간절히
하늘을 향해 조용히 기도합니다.

"부디 평안하시길."
내 마음의 칸나 한 송이를
언니에게 바칩니다.

먼저 간 막내동생을 그리워하며·62

1999년, 갑작스러운 심장마비로
막내동생이 세상을 떠난 뒤
꿈속에서 천국을 보았다.

엄마랑 같이 하늘이 보이는
거실에서 잠을 자고 있는데,
환한 빛이 엄마와 나를 스포트라이트
비추듯이 비추고 있었다.
특히 엄마를.
창밖이 갑자기 환해져 깜짝 놀랐다.

눈부신 빛 속에서 큰 새가 설명할 수 없는
향기와 꽃으로 가득한 황홀한 곳도 보여 주었다.

또한, 새의 날개가 펼쳐지며
환한 빛을 비출 때 감동으로
나는 말했다.

"아, 민현아, 네가 거기서 그렇게
큰 존재인지 미처 몰랐구나."

그날 이후로 나는 그리움을 품고 살아가지만,
동시에 위로와 확신을 얻었다.

천국은 분명히 존재하며
천국의 기억은 내 안에 여전히
생생하게 살아있고,

그곳에서 동생은 환한 빛으로
존재하고 있기 때문이다.

많고 많은 세월이 흘러도
아직도 꿈은 어제처럼 선명하다.

천국은 아름다운 꽃으로 물결쳤고
이 세상 어떤 말로도 표현할 수 없는
그윽한 향기가 내 영혼을 감쌌다.

지금도 새만 보면 반갑고 설레이며
그리움의 눈물이 되고
믿음과 위로가 되어
오늘도 내 삶을 지켜준다.

*ps.

2020년,
동생이 남겨 주고 간
사랑하는 마누라와
너무나도 예쁜 두 딸과 함께
용인에 잠들어 있는 동생한테 갔을 때
우리 위로 청청한 하늘에 딱 한 마리!
하얀 새가 날아갔다.
바로 동생이 다녀간 거다.
서로가 아무 말은 안 했지만
동생이요, 남편이요,
아빠가 왔다 갔다는 걸
우리 모두 다 그렇게 믿었다.

-2025년 9월 4일

돈가스·111

젊은 시절,
엄마가 친구분이랑 우리 집에 놀러 오신다고 해서
돈가스를 만들었다.
나름대로 열심히 만들어서 자랑스럽게
식탁 위에 올려놨는데 돈가스를
막상 썰어 보니 고기가 너무 두꺼워
약간 설익은 것 같아 민망해하고 있는데
엄마가 그 상황을 이렇게 마무리해 주셨다
"아야, 니가 뭔 잘못이냐?
내가 자주 해 먹여 봤어야지
그렇지 못한 내 잘못이다."
그렇게 말씀하시며 식탁 분위기를
펑 터트리는 웃음으로 만드셨다.
그 말 속에는 작은 실수조차도
내 잘못으로 만들지 않으려는
열두 폭 치마로 감싸는 고슴도치
사랑이 숨어있었다.
그것은 단순히 한 끼의 식탁에 관한 일이 아니고
내 서툶을 덮어주고,
미숙함을 감싸 안아 주는 사랑의
진한 표현이었다.

그 순간은 오래전의 부엌 풍경으로 남아 있지만,
마음속에서는 여전히
따뜻한 향기로 되살아나
마음 깊이 여울지며 그날의 속 깊은
부드러운 위로가 더 선명하게
떠오르며 엄마의 그 웃음과 말투가
가슴 미어지게 그립다.

-2025년 9월 28일

아, 우리 엄마네·102

끊어진 숨결처럼 흩날리는
밤공기 속에서 미지의 공간을
두리번거리며 떠돌 때,

그 아득한 불안 속에서
저만치 보이는 실루엣.

"아, 우리 엄마네."

꿈결 같은 안도 속으로
뛰어가는 발걸음,
들려오는 목소리.

"아야, 아야, 조심해라 넘어진다"

별빛보다 달빛보다 더 밝은
우리 엄마의 사랑의 빛!

이 밤,
당신 그리워 눈물로 지새우네.

-2025년 9월 25일

아, 우리 아버지·103

어느 날,
온 가족이 멀리서 온 나와 함께
하기 위해 식당을 갔다.

식사를 마치고 나오는 중에
갑자기 아버지가 쓰러지셨다.

너무너무 놀라서
그때 엠블런스가 왔는지
다른 누구 차로 갔는지
지금도 기억이 잘 나지 않는다.

어쨌거나 병원에 가서
우리 모두 다 동동거리고 있을 때,
아버지가 깨어나셨다고 해서
병실로 들어갔더니.

아, 나는 괜찮다.
우리 꽃나무들이 다 같이
"할아버지 죽으면 안 돼.
그럼 우리는 어떡하라고"

그 소리에 내가 깨어났다. 그러셨다.

아, 우리 아버지!

평생을 꽃과 나무와 돌과 물과 함께
베란다를 오가며 사셨다.

바람이 느리게 숨 쉬는 베란다에서
아버지의 손길이 닿았던 흙냄새가
지금도 잔잔히 마음을 스친다.

꽃과 나무들은 흔들리는
잎새 사이로 아직도 아버지의
정성과 흐뭇한 웃음을 기억할까?

섬잣나무 아래서
모래처럼 빠져나간 세월 사이로
잠시 비친 그림자를 바라보며
회한(悔恨)과 함께 아버지를 그리워한다.

-2025년 9월 25일

제 II 부

한마디 말·43

슬픈 듯, 황홀한 한마디 말이
파도처럼 내 안을 두드린다.

당신의 마음에서 날아온 씨앗이
내 가슴에 노래처럼 실려 와

바람의 언어로 속삭였고,
햇살은 황혼을 흘려보내 버린다.

-2025년 9월 3일

갓 태어난 거미·44

화분 위에 머문 하얀 숨결 하나
손끝에 스친 작은 생명

지키고 싶었으나
투명하게 흩어져 버렸네.

한순간 꿈결처럼 머물다 사라졌지만
흔적은 마음속에 총총히 남아 있네.

다정함이 불러온
순간의 기적이 빛처럼 따스하여

작은 거미의 길을 징검다리 길목마다
안쓰러운 마음으로 밝혀 주었네.

아쉬운 잃음은 잘못이 아니라
사랑의 또 다른 이름이라네.

-2025년 9월 3일

상처·45

채워지지 않는 여백처럼
무시당했던 순간을 잊으려고

물방울 튕기듯, 톡톡 마음을
털어 보지만 선인장 가시 되어
모두 잠든 시간 내 마음을 찌른다.

그러나 나는 그 아픔을 견뎌냈고
그 너머에서 따뜻한 위로 인양
좋은 인연을 얻었다.

억울함은 분노로 불태우지만
그 불꽃조차 나를 밝혀
이 길을 걸어오게 했다.

상처는 내 약함을 증명할 수 없다.
나는 상처로 무너지지 않는다.

상처를 안고도 걸어온
나의 강함을 증명하면서
여전히 빛을 걷는 사람이다.

-2025년 9월 2일

오래된 사진·46

오래된 사진 속웃음은
애잔함을 남기며
쓸쓸한 연민이 느껴지고

멀리 있는 친구를
생각하는 애틋함은
잔잔한 마음을 울렁이게 한다.

오솔길을 혼자 걸으니
일렁이는 그리움과
서글픔이 은은하게 함께 한다.

은하수처럼 이어지는
모든 애달픈 감정이
오늘 하루 살아있는 내 모습이 된다.

-2025년 9월 1일

그 바람·47

눈물도,
허공에 매말라 다시 바람이 된다.

그 바람,
가슴 속 상처 위에 내려앉는다.

그 바람,
미움과 원망의 강을 지난다.

그 바람,
먼길 떠난 마음 속에 잔잔히 흐른다.

그 바람,
평화를 띄우며 감사의 눈물이 된다.

-2025년 8월 30일

남겨 준 사랑·48

미움도, 원망도
사방으로 흩어지니

남은 것은 오직
내 마음의 숨결뿐,

그대 떠난 길 위에
낙엽은 쓰러지고

상처조차도
꽃으로 피어나니

그대가 남겨 준
사랑을 보았다.

-2025년 8월 30일

갚을 수 없는 감사·49

갚을 수 없는 감사함이
안개처럼 아리아리하게
가슴에 저며 온다.

먼 길 떠난 그대가
수은등 되어
바람에 젖어 있으나

내 안의 기억은
봄바람처럼 따스해
달빛 되어 나를 비추고

그리움은 갈증이 아니라
마음 깊숙이 새겨진
깊은 정의 울림이 된다.

-2025년 8월 30일

달빛 속 꿈결·50

호수 위, 달빛이 흐르고

바람이 속삭이듯 스치고

나는 천천히 눈을 감으며

달빛 속 꿈결로 스며든다.

지나간 시간 속,

후회와 아쉬움도

내일을 위해 조용히 잠든다.

-2025년 8월 29일

외로움·51

파도는 낮게 속삭이지만
묻지는 않는다.

따뜻한 햇살이 그저 나를 품고
들어 올렸다 내려놓는다.

끝없이 이어진 바다 위로
생각조차 사라진다.

저 멀리 갈매기 소리에
외로움마저 잠시 잠이 든다.

-2025년 9월 1일

바람에 지친 영혼·52

바람에 지친 영혼아,
부는 바람에 휩쓸리지 말고
그냥 내 어깨 위에서 쉬렴.

그래서 이제는 감정도 바람에
풍화되어 척박한 마음에
민들레꽃 피우자.

바람에 닳아진 상처마다
작은 풀씨 되어 달빛 받아먹으며
달맞이꽃이 되자.

-2025년 9월 1일

나를 위한 위로·53

마음이 지금 많이 아프고 무거워요.
작은 생명을 해치고 싶지 않았는데,
뜻하지 않게 그렇게 돼버려서.

하지만 기억할게요.

상처를 주려 한 게 아니고
오히려 지켜주고 싶어서
손을 내민 거예요.

그 다정한 마음이 귀한 것이고,
잘못이라기보다 삶의 연약함을
마주한 순간일 뿐이에요.

자연은 늘 순환하고,
거미 한 마리도
그 나름의 길을 다 걸어갑니다.

놀라고 신비로워하며
그 생명을 바라봤던 그 순간,
거미는 충분히 의미 있는 존재였어요.

-2025년 9월 3일

가을의 자장가·54

단풍길에 들어서니
가을의 노래가 발끝에 스며
내 마음을 물들인다.

들꽃 길을 지나가니
서향과 들국화 향기 속에
내 가슴은 갈대처럼 흔들린다.

강가의 모퉁이에 서 있으니
햇살은 은빛 물결이 되고
나는 꽃향기의 그림자가 된다.

공허함은 물처럼 흘러
무한한 마음 길을 만들며
가벼운 설렘으로 남는다.

가을은,
가을에만 들을 수 있는
내 마음의 자장가가 되었다.

-2025년 9월 3일

따뜻한 시선·55

짙은 회색빛 구름이
비를 터질 듯 품고 있는데

누군가의 따뜻한 시선이
구름 속에 함께 합니다.

비가 내리면 내 마음은
정으로 젖어 들 겁니다.

커다란 토란 잎에
빗방울 고이면

그리움 한데 모여
가슴이 차오를 겁니다.

-2025년 9월 4일

설렘·56

말 한 줄이 파도처럼 밀려와
씨앗 되어 마음에 내려앉고,

적막 속에 앉아 있던 나에게
당신은 목소리로 다가왔습니다.

그 목소리는 궁굴채와 열채로
가슴을 두드리는 장구 같았습니다.

아! 설렘이 내가 되고
설레는 가슴이 시의 씨앗 되어

내 마음에 노래하듯 흔들리고
살아있는 꿈이 되어

내 안에 흐르며
새로운 문장으로 태어납니다.

나는 드디어 꿈결 속에서
시가 되어 흐릅니다.

-2025년 9월 3일

수피음악·57

처음인데 낯설지 않은 노래,
내 영혼이 이미 불렀던 듯.
아득한 고향이 떠오른다.

대나무숲 울음처럼
내 안에 오래도록 함께했던
바람처럼 흐르는 음률.

시간을 건너뛴 파동이
벅찬 감동으로 가슴에 내려앉아
내 영혼의 고향을 두드린다.

-2025년 9월 5일

불면·58

깊은 밤, 마음이 깨어 있어요
잠은 저만큼 서성이며
고요 속에 홀로 서 있어요.

먼 길 건너온 달빛 하나가
'불면'이라는 이름표를 달고
나와 다정히 함께하네요.

허나, 이 밤의 고단함도
산 비둘기 구구대며
산자락에 안기듯,

포근한 품으로 데려가 줄 거예요.
그때, 알게 되겠지요.
그저 작은 물결이었음을.

그러니 지금은,
가슴을 살포시 감싸며
그대로 받아들이세요.

잠이 오지 않는 눈동자마저

더없이 아름답고,
더없이 소중하다고.

-2025년 9월 3일

멍멍한 가슴·59

가슴이 먹먹하다.
바람이 떠돌다 애잔함을 남긴다.

설명할 수 없는 노랫가락이
울음 되어 나를 부른다.

그 노랫가락에 장단 맞춰
꿈속의 물결을 걷는다.

한숨처럼 토해 내는 서러움은
내 곁을 떠나지 못한 그리움인가?

붙잡지 않아도 아름다울 수 있는
그 무엇인가?

-2025년 9월 4일

은은한 감사·60

잎새 사이에
가을이 스며들 때,

당신은 호롱불 되어
내 마음을 밝혀 주었습니다.

굽이굽이 허무한 골짜기를
마음에 누워있는 그리움 안고

바람처럼 허공을 떠돌 때도,
외로움의 강을 건널 때도,

당신은 은은한 향기 품고서
나를 감싸 안아 주었습니다.

-2025년 9월 6일

걷고 싶다·61

헛헛한 마음 가눌 길 없어
그냥 마냥 걷고 싶다.

무던 이가 건넜던 개울길 따라
첨벙첨벙 걷고 싶다.

아무도 없는 휑한 신작로 길을
외로움 치마에 가득 담아 걷고 싶다.

울컥 한 마음에
정처 없이 걷고 싶다.

탱자 향기 따라가며
빨간 황톳길을 걷고 싶다.

어긋나는 꿈길도 좋으니
오롯이 걷고 싶다.

꼬불꼬불 산모퉁이
하염없이 걷고 싶다.

마음 길에 드러누운 그리움
즈려밟으며 걷고 싶다.

-2025년 9월 5일

아쉬움·62

손님을 맞으며
기쁨이 향기처럼 번졌는데

상 위에 그릇들은
내 마음을 다 담지 못했네.

돌아선 발자국 뒤에
조용히 남은 긴 한숨.

다 담지 못한 아쉬움도
그들의 따뜻한 마음이

봄 햇살처럼 넉넉하여
빈 그릇을 채워줬네.

-2025년 9월 24일

쓸쓸한 오후·63

무심하게 스며든 한숨이
문틈으로 밀려와
내 하루의 가장자리에 머문다.

말없이 흘러가는 석양빛이
내 안의 무력함을 어루만지며
비단결 같은 위로를 건낸다.

나는 조용히 눈을 감고
혼자서 외롭게 떠도는
지나가는 바람을 불러 본다.

석양빛을 손끝에 올려놓으니
무력했던 심장이 잠깐,
따뜻하게 숨을 쉰다.

-2025년 9월 7일

작은 기적·64

짙은 회색빛 하늘 아래
하염없이 가랑비가 내리는 오후,

세상은
소리 없이 흐르는 듯하지만

내 마음은 오히려
축포 터지듯 환히 열린다.

누군가가 나를 바라봐 주고
인정해 주었다는 그 사실,

그 따뜻한 시선 하나가
찬바람 막아 주는 위로가 되어

빗속의 등불처럼
내 안을 환하게 밝혀 준다.

빗방울이 주루룩, 주루룩,
창가를 타고 흘러내릴 때,

내 가슴 깊은 곳의 울림이
감동의 강물이 되어 흐른다.

인정받는 순간,
사랑받는 순간,

눈부신 햇살 같은 꽃이 되어
고귀한 선물로 남는다.

세상은 야속해도
내 안은 환히 밝아

작은 기적처럼
가슴이 벅차오른다.

-2025년 9월 7일

처음 느껴 본 찌르르 함·65

그대, 처음 손을 잡던 날
한 번도 느껴 보지 못한
심장의 떨림과 함께 찌르르한 느낌.

볼은 빨갛게 상기 되고
가슴은 쿵쾅쿵쾅 뛰고
그러면서 싫지 않았던 그 설레임.

혹시 누군가가 내 이 마음을 알면
어떻하나 하는 부끄러움의 불안함.
감당할 길 없었고, 감당할 줄 몰랐고

더더욱 황당한 건
나는 이제 저 사람한테
이런 감정을 느꼈기 때문에

다시는 그 누구를 만나서도
안 되고 만날 수가 없다고
생각했다는 점.

함께 느낀 찌르르함 이기에

그 사람이 어딘가에 말하면
나는 부도덕한 여자가 되어

시집도 갈 수 없다는
바보 천치 같은
어리석고 어리석은 순진함.

이 허무하고
어처구니없는 마음은
때론 부서진 유리 조각처럼

아프게 흩어져 켜켜이
심장에 박혀
장밋빛 피를 흘린다.

하여, 오래된 창가에 앉아
호롱불 밝혀 놓고
나를 떠난 젊음의 향기를 불러 본다.

어쩌면, 젊음은 잃어버린 게 아니고
가끔 내 마음의 창가에 기대어
커피 향 같은 은은함을 심어 준다.

아, 그토록 아름다울 수가 있었나?
그토록 여리고 고운 불빛도 있었나?
하면서…

생각하면 할수록
서글프도록 아름다운
나의 청춘, 나의 삶이여!

-2025년 9월 8일

삶아·66

삶아,
너는 나의 민낯이었으며
들려오는 바람 소리였다.

삶아,
너는 무심한 차가움에 젖어
길을 잃은 듯 서성거렸다.

삶아,
너는 종종 안개처럼 다가와
그리움 속에 함께 했었다.

삶아,
너는 처절한 아픔을 주었지만
어쩌면 꿈의 결이었다.

삶아,
너는 밤하늘의 은빛 숨결 되어
나를 일으켜 세우기도 했다.

삶아,

너는 빛과 그림자가 겹쳐 흐르며
나의 울음을 잠재웠다.

삶아,
너는 나의 원망의 대상이었지만
그래도 나를 걷게 만들었다.

삶아,
너는 나에게 가시밭길을 보여줘도
나는 향기로운 숲길을 걸었다.

삶아,
너는 꿈결 같은 너의 무심함마저
나의 온기와 그림자였다.

삶아,
너는 흔들리고 때로는 울먹이지만
사랑을 꿈꾸며 노래를 알려 줬다.

삶아,
너는 모든 빛과 어둠을 껴안으며
나와 함께 오롯이 오늘도 걸어간다.

-2025년 9월 10일

주님, 감사합니다!·67

가슴 속에 피어오른 시상은
하늘이 내려주신 한 송이 꽃처럼
내 마음에 활짝 핍니다.

나의 가장 고운 노래는
주님께 올려지고,
은총은 별빛처럼 반짝반짝합니다.

그 빛은 울림의 벗이 되어
내 안의 언어를 일깨우는
가슴 벅찬 눈물이었습니다.

흔들리는 잎새 하나에도
큰 울림을 주신 주님!
감사합니다.

보잘것없는 저에게도
달란트를 허락하신 주님!
감사합니다.

-2025년 9월 10일

칸나·68

뾰쪽뾰쪽 꽃 몽우리
한낮의 햇살 받아
폭죽처럼 우뚝 서 있다.

빨갛게 올라오는 빛이
한줄기 불꽃으로 솟아올라
붉은 깃발 흔들며 우뚝 서 있다.

널따란 잎새들의 호위를 받으며
파란 하늘 배경 삼아
태양을 향해 외치듯 우뚝 서 있다.

바위에서 울리고 풀잎에도 들리는
정열의 꽃 칸나!
생명의 노래처럼 우뚝 서 있다.

-2025년 9월 11일

사랑이 찾아옵니다·69

무심히 창밖을 바라보니
마음이 울컥합니다.
사랑이 찾아옵니다.

사랑이 사랑을 부르며
투명하게 번져 갑니다.
사랑이 찾아옵니다.

흐르는 강물이
꿈길 속 헤맬 때
사랑이 찾아옵니다.

구름은 천천히 떠돌고
나무는 비밀을 안았습니다.
사랑이 찾아옵니다.

꿈결 사이, 흐르는 반짝임,
그 자리에 사랑이 머뭅니다.
사랑이 찾아왔습니다.

-2025년 9월 10일

이미륵 선생님을 추모하며·70

『압록강은 흐른다』

설레임으로 당신을 만났습니다.
아끼고 아끼면서 읽고 읽었습니다.

당신의 발자취 찾아
여기저기 돌아다녔습니다.

그리운 고향의 바람 안고 떠나
낯선 별의 숲길을 걸으신 당신,

당신은 영혼을 실어 나르며
빛의 노래로 흐르는 강이 되셨습니다.

잃어버린 조국의 숨결을
우리의 가슴에 새기셨지요.

이제는 시간 저편에서
별의 다리 위에 서 계십니다.

글은 강물 되어

하늘과 땅을 이어주셨습니다.

이미륵, 그대 이름 부르면 눈물은
별 되어 하늘에서 반짝입니다.

-2025년 9월 10일

호접몽·71

호접몽을 원했던 걸까?
나비는 마음에서 날아다니는데
달빛은 창가에 앉아 오히려 빛나네.

이 밤, 하루가 앉았다 간 뒤뜰에
별빛이 이불처럼 펼쳐지고,
바람은 귓가에 속삭이네.

그 속삭임에 마음은 천천히
잠의 강물에 떠내려가고,
드디어 꿈속에서 나비를 만났네.

-2025년 9월 11일

상여소리 들으며·72

아이고, 아이고,

가슴 속 텅 빈 집에
슬픔이 밤마다 찾아와
울음 되어 퍼지고
한숨 되어 길 위에 흩어지네.

아이고, 아이고,

먼 길 떠난 고운 임
창호지로 곱게 빚은 꽃 되어
슬픈 석양빛으로
여울 되어 물드니

아이고, 아이고,

하얀 천위에
가로누운 슬픔이
가슴 깊이 파고들어
구슬픈 노랫가락이 되네.

아이고, 아이고,

텅텅 빈 하늘 아래
영원 따라 흘러가는
구름만 하염없이 바라보니

아이고, 아이고,

먼 길 떠나는
임의 발자국
울리는 바람에 실려

새끼 줄에
허리 질끈 동여매고
꽃상여에 한을 담아
눈물도 함께 가네.

아이고, 아이고….

-2025년 9월 11일

그냥 흐르는 눈물·73

세상 서러움이 내 안을 지나가며
눈물 되어 흐른다.

드라마 속 허구한 장면조차
눈물 맺힌 그 모습에

저절로 눈물 흘리는
자신이 어이가 없다.

가슴마저 무너져 내리며
쉽게 따라 흐르는 눈물.

떨리는 바람에도
눈물을 실려 보내고

낯선 이야기 속에서도
눈물방울이 흔들리며 맺힌다.

내 마음은 세상 모든 눈물만
비추는 맑은 거울인가?

가벼운 감정의 사치인가?
깊이 숨 쉬는 생명의 증거인가?

-2025년 9월 11일

당신의 생일·1·74

오늘은 당신의 생일,
먼 길 건너간 당신을 위해
깨끗하게 나물을 씻습니다.

흰 쌀밥에 정성 담고,
곱디고운 생일 케이크에
내 그리움 수 놓았습니다.

당신이 이 향기를
바람 따라 받으신다면
부디 웃으며 말해 주세요.

"고마워, 많이많이 고마워."

눈부신 그리움이
바람에 실려 당신께 닿는다면
나도 답을 보냅니다.

"여전히 사랑합니다!"

-2025년 9월 12일

당신의 생일·2·75

이별은 시간의 그림자일 뿐
보이지 않는 잔을 들어
눈물로 채웁니다.

새벽의 고요가
강물 위에 흐르면
우리의 사랑은 영원히 이어집니다

당신의
마음 빛 눈빛마저도
촛불 되어 타오릅니다.

오늘만큼은
그, 촛불 하나
켜고 싶습니다.

그, 촛불 청사초롱 되어
빛으로 이어진 길을 따라
당신에게 가고 싶습니다.

새벽바람 흔들릴 때,

제 그리움 당신 곁에서
노래처럼 머물 것입니다.

오늘은 당신의 날,
내 마음의 불꽃도 촛불 되어
하늘에서 환히 타오릅니다.

마음껏 외쳐 봅니다.
생일 축하해요!
사랑하는 당신!

-2025년 9월 12일

나른한 오후·76

여기저기 삭신이 아픈데도
향기로운 살구 냄새가
나른한 위로로 다가온다.

깨끗이 쓸어 놓은 뜰에는
적막함만 남아 있고
숨결은 가볍게 부유한다.

구름 사이로만 보이는
먼 곳을 바라보며
쉼이라는 세계에 젖어 든다.

대청의 시계는 천천히
오락가락 떨리면서
댕댕 치고 있다.

걷어 올린 대나무 발 사이로
분리 해 나가는 햇빛은
프리즘 되어 바람에 흔들린다.

계곡에 야단스러운 물소리가

여울물 되어
저녁 빛에 곱게 빛나고 있다.

나와
내가
함께 하는 나른한 오후다.

-2025년 9월 12일

그냥·77

그냥,
잠을 자자.
커튼 사이로 새어 나온 달빛이
유리창을 두드리거나 말거나

그냥,
눈을 감아 보자.
길 떠난 그리움이
나를 찾아오거나 말거나

그냥,
내 마음 숨기지 말자.
비에 흠뻑 젖어 걸었던
그 시절로 들어가거나 말거나

그냥,
몽환의 시 한줄 꿰어서
별 찾아 임 찾아
골목길을 헤매거나 말거나

그냥,

산책 나온 바람과 함께
풀잎과 꽃들을 위하여
목청껏 노래 부르자.

-2025년 9월 12일

다정한 마음·78

먼 산마루 위를 거닐며
한량처럼 흐느적거릴 때

강가의 물결은
나를 알아보고 꼬리 치며 흐르고

지나가다 우뚝 선 바람은
마음 사이에 파고든다.

얼이 빠져나간 자리에
창백함만 남아서

하늘과 땅 사이를 오가며
내 임의 다정한 마음속 헤맨다.

-2025년 9월 14일

시인의 고백·79

내 마음 가장 향기로운 방에
밝게 타오르는 빛줄기가
유성우처럼 내립니다.

깊은 산속 호숫가에
쏟아지는 별똥별처럼
그렇게 세상에 태어났습니다.

누가 와서 별똥별 하나 손에 쥐고
신기함과 아름다움에 활짝 웃는
미소를 그리워하며

잠시 머물다 간다 해도
"어쩌면 이렇게 내 마음과
똑같을 수가 있을까?"

그 한마디면 충분합니다.

시를 쓴다는 건 혼자이면서도
끝내 누군가를
애타게 부르는 일임을.

읽는 이의 숨결 속에서
내 안의 계절들이 따뜻하게
그대들의 가슴에 스며들기를.

장독 위에 정안수 떠놓고
간절한 마음으로
두 손을 비벼 봅니다.

-2025년 9월 14일

내 미소·80

내 미소가 눈부신 햇살처럼
내 마음에 빛을 뿌려 주네.

몇 번이고 눈을 감았다가 떠도
여전히 거기서 웃고 있네.

내 미소가 문을 열면
내 하루가 들어 오네.

눈에 밟히는 미소에 계절이 바뀌고,
시간들은 돌아와 살며시 머무르네.

보고 또 보고 싶어 눈을 감으면
꿈결처럼 사르르 눈이 감기네.

내 미소는 나의 영혼의 거울,
깜깜한 밤을 밝히는 불빛이 되네.

내 미소는 내 하루의 아침이자
행복한 저녁이 되네.

-2025년 9월 15일

연애편지·81

그리움이 낙화 되어
쌓이고 쌓여 꽃무덤 되니

남몰래 그대 곁에 누워 너의 첫 별,
그리고 마지막 노래가 되고 싶어.

하여 그대는 바람에 실린 노래,
내 가슴에 머무는 그리움의 달빛,

잠시 눈을 감아도
나는 언제나 그대 안에 있고 싶어.

더 가까이 다가가고 싶고
더 오래오래 바라보고 싶어.

나는 당신의 설렘이 되고
따뜻한 위로가 되어

오롯이 한 송이, 당신을 향한
아름다운 꽃이 되고 싶어.

-2025년 9월 15일

아이고, 이쁘기도 하여라·82

투명한 그리움이 바람에 흔들리고
너와 나의 선율은 꿈결에서 춤추고

부대끼는 나뭇잎 사이로
훈훈한 남풍 불어 나를 감싸고

한올 한올 이어진 사랑은
진실한 빛이 되어 내 마음을 비추고

달빛에 흘러드는 그리움은
사랑의 선 위에 함초롬이 서 있고

손끝에 감아쥔 따스한 체온은
온몸을 흥건이 적시고

눈물에 소복이 젖어 드는
운명 같은 내 사랑이여!

아이고, 이쁘기도 하여라.

-2025년 9월 16일

쑥차 향기·83

연둣빛 풀잎 향이 안개가 되어
잔 속에서 모락모락 피어오른다.

심장의 호수에 번져 쑥 향이
봄바람처럼 피어오른다.

새파란 풀 내음에
먼 들판의 기억도 피어오른다.

향기는 길을 잃은 아지랑이 되어
도착하지 못한 꿈속을 걷는다.

봄날의 바람도 숨어있고,
그리운 손길이 겹겹이 깃들어 있다.

쓴 듯 부드러운 맛,
아릿하게 잔상으로 남아 있다.

그 속에 마음은 가만히 누워
쑥차 향이 우려낸 위로를 얻는다.

-2025년 9월 16일

묘하고도 아름다운 석양·84

묘하고도 아름다운 석양은
초롱불 밝혀 들고
종횡으로 내 마음을 건너가고

빛의 바다처럼 넓은 마당엔
장엄하면서도 슬픈 오얏 꽃이
남폿불처럼 피어 있고

밤하늘은 오롯이 우뚝 서서
부르르 가슴을 떨면서
내 마음 산란하게 한다.

이슬 맞고 들어오는 그대는 뒷모습에
묘하고도 아름다운 석양을 달고
긴긴밤 그대 홀로 지새운다.

-2025년 9월 16일

낙조가 비친 삶·85

나무 그늘 속에 파묻힌
푸른 그늘에는 꿈이 깃들었고
산바람은 살랑살랑 지나간다.

호수 위에 여명이 머물면
퇴색한 달빛도
고운 빛을 발한다.

영혼의 길마저도
숨겨질 듯 나타날 듯
이지러진다.

해안을 스쳐 가고 스쳐 오는
밤 물결 소리가
멀리멀리 간다.

붉게 번지는 하늘 끝에
오늘의 하루가 기울 듯,
낙조처럼 은은하게 저물어 간다.

내 삶도 붉은빛 사라지듯,

낙조에 기대어 쓸쓸하고 담담하게
자리를 비워 가는 것 같다.

-2025년 9월 16일

살며시 다가온 미소·86

안개비가 마음을 적시듯
그렇게 살며시 다가온 미소,

파르르 떨리는 솜털처럼
내 마음 깊은 곳을 흔든다.

스치는 차창가로 얼 비치는
아름다운 풍경이 되어 있는 미소,

신기루처럼
허망한 꿈속에 남아 있다.

바람 빛 되어 꿈결 속을
투명한 날개 달고 떠도는 미소,

내 가슴에 오래 머물러 있는
풀잎들을 하나하나 흔들어 놓는다.

-2025년 9월 18일

불멸의 밤·87

무거운 눈꺼풀에 저절로 감기는 눈
겉모습은 감겼으나 속에서는
오색기가 휘날리는 운동회가 열렸네.

이불 끝자락을 잡고 깨어난 마음은
버스표 기차표 비행기표 다 끊어 놓고
혼자서 부산스럽게 뛰어다니네.

-2025년 9월 18일

건망증·88

마음에서는 맴도는데
생각나지 않는 단어들 때문에
머릿속은 100m 달리기하는
사람마냥 헐레벌떡 뛰어다닌다.

그래도,
끝내 도달하지 못한 종착역을
멍청하게 하염없이 바라보며
섬뜩한 두려움에 마음을 졸인다.

-2025년 9월 18일

다, 보내버리자·89

그 흔한
달빛도 별빛도
강 건너 등불이 되게 하자.

그리움이 어쩌고
사랑이 저쩌고도
꿈결로 흘려보내자.

더더구나

니가 이랬고
내가 저렇고는
바람 속에 흩어버리자.

후회도 원망도
노잣돈 두둑이 넣어
저승길에 딸려 보내자.

-2025년 9월 18일

당신이 있어서 참 좋아요·90

오늘도 숨을 쉬었다.
당신이 있어서.

그림자만 붙잡고 동서남북 구별도
안 되는 칠흑 같은 어둠 속에

기댈 수 있는 한쪽 어깨를 내어 준
당신이 있어서 참 좋아요.

한 줄기 바람에도,
어쩔 수 없이 마음이 흔들리던 날에도
당신이 있어서 참 좋아요.

말없이, 다정하게,
내 안의 작은 불씨를 살려낸 그 빛.
당신이 있어서 참 좋아요.

소철 그늘 아래에서 꽃향기 맡은 것처럼
한겨울 눈 속에 복수초를 만난 것처럼
당신이 있어서 참 좋아요.

사랑해요, 그리고 고마워요.
내 마음의 든든한 친구여,
그런 당신이 있어서 참 좋아요.

-2025년 9월 21일

복순이(keychain)·91

동그란 까만 눈동자의
복순이,
작은 인형의 보이지 않는
심장에서 느껴지는 위로!

길을 나서는 내 마음의 빈 공간에
"괜찮아, 오늘도 복된 하루"라고
환하게 웃는 너와 함께
행운도 설렘도 따라나선다.

너에게도 기도가 있는 듯하고
하루의 끝에서도 네 손을 꼭 잡고
집으로 돌아오는 길은
쓸쓸하지 않아서 좋았다.

조용히 불러 보는 이름 속에서
복은 파도처럼 출렁이며
나를 들뜨게 만든
우리 이쁜 복순이.

네가 지닌 이름처럼

복은 순하게 스며들고
포근한 잠자리에 들 때
문득 외로워지는 내 마음,

먼 길 떠난 이의 빈자리를
채워 줄 순 없지만
말없이 웃으며
따뜻하게 내 손을 감싸 준다.

내 곁의 작은 친구,
보기만 해도 이름만 불러도
마음이 환해지는
나의 복순이!

-2025년 9월 20일

사랑은 계절처럼 돌아오지 않는다·92

"사랑은 계절처럼 돌아오지 않는다"
이 영화 제목을 읽는 순간,
아! 하며 마음이 멈췄다.

마음에 와닿고 나를 흔드는 단어가
어찌 이 말뿐이겠는가마는
가이없는 이 마음
고운 눈매에 담아 놓고

그림자 같은 구름을 바라보며
눈동자 위에서 춤을 추고 있는
수많은 감정으로 잠 못 이루는
밤을 맞이한다.

하여,
나는 또 보름달 되어
이 한 밤 물결과 함께
밤새워 출렁거리려 한다.

그냥,
오늘 밤은

아름다운 시가 되어
설레임 속에 꼬박 새우려 한다.

-2025년 9월 21일

위로·93

당신의 말이 내게 등불이면
나는 늘 길을 잃지 않아요.

낱말 하나 잃어버린 날엔
그 단어를 건네줄게요.

때로는, 바람이
잠시 멎어야 구름도 쉬어가듯

살짝 쿵, 뒤로 물러서
당신의 숨결 듣고 싶어

가만히 당신 등 뒤에
묵묵히 머물 때가 있어요.

그렇지만 섭섭해하지 말아요.
당신은 잘못한 게 없어요.

여전히 당신의 토닥거림이
나를 돌아오게 만드는 힘이에요.

-2025년 9월 22일

사람다움·94

당신의 힘든 숨결 들리면
언제든 가까이 다가갑니다.

당신이 흘린 눈물 한 방울
허공 속에 감추어 주고 싶고

당신이 던진 그리움 한 조각
은하의 바람에 띄워 보내어

다른 시간의 길을 걷더라도
보이지 않는 빛의 실로 묶어

내가 당신을 찾아 은은하게
흘러가고 있으니까요.

그리움은 진정
사람다웠다는 증거예요.

-2025년 9월 22일

실컷 울었네·95

먹먹함이 올라와
콧물이 나오도록
실컷 울었네.

가슴 한구석,
말 못 한 꿈을 들고
실컷 울었네.

숨이 막힌 밤이면
가만히 귀를 기울이고
실컷 울었네.

울음소리 받아 적으며
한 번 더, 눈을 감고
실컷 울었네.

마음의 문이
열릴 때까지
실컷 울었네.

괜찮아, 괜찮아.

속삭여 줄 때까지
실컷 울었네.

포개진 생각들 사이로
한 방울 눈물도 남기지 않고
실컷 울었네.

-2025년 9월 22일

고요·96

고요는
잠시 쉬어가는 마음의 항구.

고요는
꿈결처럼 부드러운 안개꽃 정원.

고요는
지친 마음이 한숨 돌리는 자리.

고요는
오래된 기억을 묻어 둔 마음의 자리.

고요는
눈물이 다 흘러가 텅 빈 자리.

고요는
시간의 결을 잊고
달빛만 앉아 있는 자리.

고요는
새벽 안개 속에 감추어 두고 싶은

내 영혼을, 부드럽게 감싸 주는 자리.

결국, 고요는
은하의 숨결처럼 적막강산이나
내 마음을 다 알아주는 자리.

-2025년 9월 22일

작은 행복·97

햇살을 마셔 홍조 띤 너의 모습에
바람이 잔잔히 웃고,

잠시 눈 감으면
아늑한 평화가 마음을 어루만지고,

쓸쓸한 마음 빛이
구름 사이에서 빛날 때,

라일락 향기가 온 동네
스며들 듯 여울지고

꽃잎 하나 떨어져도
세상은 여전히 아름답고,

마음속 깊이 꽈리 틀은 그리움은
잠자리 날개처럼 하늘거리네.

-2025년 9월 22일

아! 나의 친구여!·98

신선한 공기 속의 속삭임처럼
떨림으로 내 마음 스쳐 가네.

보이지 않아도 느낄 수 있는 온기가
장작불 아궁이처럼 타오르네.

남풍 불 때 손에 손잡고
밤새워 별빛 주워 담을 친구가 있네.

붉은빛 황혼 속에 숨어있는 외로움도
한 뼘 남은 햇볕 되어 위로하는 친구여!

아! 나의 친구여!!

-2025년 9월 23일

벽에 걸터앉은 해·99

햇살의 심장 속에서
한 편의 서정시가 되어
불꽃처럼 피어나네.

이름 없는 화가 되어
하염없이
슬픔도 고독도 그려 가네.

흔들리는 바람도
잠시 걸음을 멈추고
너를 오랫동안 바라보니

시간조차 멈춘 듯
숨을 고르며
노래를 부르네.

나는 너의 그림자 되어
네 안으로 빨려 들어가
현실과 꿈의 경계를 잇고

너와 함께 벽에 걸터앉아

요람처럼 흔들리며
오수(午睡)를 즐기네.

-2025년 9월 23일

아련히 멀어져 간 그대·100

푸르른 창공에 빨간 꽃 해는 활짝 피었고,
곱다란 노을 위에 구름은 살짝 흐르고,
외로운 들길엔 허수아비가 혼자서 있고,
밤새워 우는 매미는 한 맺힌 듯 목이 쉬었고,
넘기는 책장 소리에 등불은 허전하게 춤추고,
작년에 왔던 제비는 처마 끝에 맴 맴 맴돌고,
멀리 언덕 너머 길 끝에 또 다른 숲이 저물 때,
하얀 눈 밟으며 길 떠났던
그대는, 영혼의 길을 따라
아련히, 달빛 털어 가며 멀어져간다.

-2025년 9월 21일

내 마음의 강가·101

내 마음 강가에 꽃을 피우려
흔들리는 갈대밭에서
갈바람 소리 맞춰 춤을 추리.

가슴 스치고 지나가는
살아있는 빛을 보며
미친 듯이 살아 보려고 춤을 추리.

내 영혼 가벼운 민들레 꽃씨 되어
허공 중에 아스라이 쓰러질 때까지
춤을 추고 또 춤을 추리.

기억마저 안개 속에 스며드는
먼 아득한 강가에서 울컥함 붙들고
울며불며 춤을 추리.

불꽃처럼 붉었던 꽈리가
갈대 빛이 될 때까지
흔들리고 흔들면서 춤을 추리.

물빛 닮은 하늘 아래

빛이 닿는 들녘에서
바람과 어깨를 나란히 하며

메아리 속에 꽃향기 가득 실어
저 멀리 님 계신 곳으로 보내기 위해
내 마음의 강가에 꽃을 심으리.

-2025년 9월 24일

한 장의 흰 종이·104

내 마음은 한 장의 흰 종이.
침묵을 고스란히 감싸면서도
작은 씨앗을 틔우려 한다.

허공에 매달린 나의 마음을
허무의 심연 깊은 곳에서
하늘의 흰 종이 위에 써 내려간다.

나의 하루는 바람에 흩날린 재처럼
흩어져 어디에도 보이지 않고,
그냥저냥 흰 종이 위에 모여 있다.

허탈한 마음 공허 속에 담아
밤이면 눈을 꼭 감아 버린 나팔꽃에게
비밀스러운 내 마음을 전해야겠다.

-2025년 9월 25일

혼자가 아니네·105

홀로 걷고 있었네.
바람은 차갑고 길은 멀었지만
한 사람이 발걸음을 맞추고 있었네.

이름 없는 빛처럼 스며들어
내 눈물을 닦아 주고,
웃을 때는 함께 웃어주었네.

말하지 않아도 알 수 있는 마음,
손 내밀지 않아도 느껴지는 온기
그게 바로 당신이었네.

긴 밤, 하늘을 걸을 때도
나를 지탱해 주는 존재
꿈속에서도 나는 혼자가 아니었네.

-2025년 9월 26일

달무리·106

숨결처럼 흔들리는 잔잔한 호수 위로
아련한 안개빛이 달을 감싸 흐른다.

끝없이 번지는 황금빛 물결 위로
시간이 멎고 나는 꿈속에 누워

뿌연 하늘 바닷속에 나를 적시니
은빛 비늘 되어 반짝반짝 어린다.

인생의 빛깔은 그 어느 것도 아닌데
달무리에 현혹되어 흔들리고 있다.

-2025년 9월 23일

향낭(香囊)·107

가을을 모셔 왔다.
국화 향기 향낭에 가득 채워서.

가만히 풀어내니,
바람보다 먼저 향기가 다가와

떠나간 이의 체온처럼
조용히 피어오른다.

나는 오늘도 이 향낭을 열어
눈에 보이지 않는 그리움을
천천히 들이마시니,

한 줄기 노래가 되어
잠든 마음 위로 사라진 꽃의 혼이
다시 피어나는 듯하다.

작은 주머니 속에 시간이 누워
영혼의 언어로 조용히 속삭인다.
향기는 기억의 이름이라고.

-2025년 9월 26일

가을은·108

가을은,

곱씹고, 곱씹고, 곱씹으려면
몇백 년을 살아야 할 쓸쓸한
스산함을 온 대지 위에
뿌려 놓고 있다.

감정의 면역성도 없는데
누각의 피리 소리는 왠 청승인가?

낙엽은 바람에 흩어지고
가지마다 그리움이 흔들리고
하늘에는 파란 물감을 풀어 놓았다.

가을은,

꿈결 같은 무대 위에 서서
쓸쓸함조차 허영이라 여기며
말없이 곱씹고, 곱씹고, 곱씹고 있다

-2025년 9월 26일

순정·109

딸을 위해 심었던 오동나무처럼
오동잎 떨어져도 변치 않는 마음.

알 수 없는 향기는 가늘게 흐르며
한 송이 들꽃처럼 수줍던 마음.

저리 저리도 저려오는 가슴도
비단 같은 손길로 쓰다듬는 마음.

밤하늘 별빛에 닿으려 손 내밀 듯
늘 닿지 못한 곳을 향하는 마음.

누구의 것이 되지 않아도
아픔 속에서도 꺼지지 않는 마음.

두고 온 마음이 행하니 길을 헤맬 때
순정은 그렇게 갸륵하게 태어났다.

-2025년 9월 27일

설움 뚝뚝·110

설움 뚝뚝 서리어
창가의 성에가 되고

백랍처럼 희어진 마음은
고요한 밤 홀로 운다.

메마른 어머니의 음성이
타들어 가는 가슴을 적시면

우수진 아지랑이가 여울지며
치마폭에 감싸 들고

포플러나무 사이로
시원스러운 솔바람이 흔들리면

홀로 황량한 들판에
돌멩이 하나 던져 본다.

감나무 가지 위에 주렁주렁 달린
설움이 뚝뚝 떨어지라고.

-2025년 9월 27일

내 마음의 집·112

운전하면서도
스쳐 가는 풍경 속에
마음 풍덩 잠기면
그냥 가슴이 꽉 막히네.

잔잔하게 흐르는
호수의 물결을 바라보며
가만두지 못하고,
파도치는 바다로 만들어 버리네.

눈이 나빠 잘 알아보지 못하고
생판 모르는 남에게 살포시 인사하니
그 사람이 자꾸만 뒤돌아보게 하는
엉뚱함에 혼자서 얼굴 붉어지네.

때론, 구걸하는 사람들의 모습을 봤을 때
그 사람들의 조상까지 헤아려 보며
안타까워하고 있는 내 마음도
스스로 황당하네.

이런 나를 보고 남편은 말하네.

"너는 그냥 뜬구름 잡으면서
글이나 쓰세요."라고

그러니,
어쩌면 뜬구름이 진짜
내 마음의 집일 수도 있네!!

-2025년 9월 28일

파도가 걸어온다·113

파도가 걸어온다.
손에 손잡고
모두가 합창하듯
박자 맞추어, 철석, 철석.

산딸기 이슬을 터는 새벽에도
금 노을 외로운 초저녁에도
파도가 걸어온다
박자 맞추어, 철석, 철석.

시새워 벙그러진 고운 꽃들
휘파람 불며, 향수 날리며
파도가 걸어온다.
박자 맞추어, 철석, 철석.

물결 끝에 보이는 차가운 소리
구름 사이로 그리운 바람 안고
파도가 걸어온다.
박자 맞추어, 철석, 철석.

국향 만큼이나 그윽한 시향을

알뜰히 살뜰히 챙겨 들고
파도가 걸어온다.
박자 맞추어, 철석, 철석.

입김이 비 되어 촐촐하게 내리면
저 혼자 깊어지는 어둠 속을
파도가 걸어온다.
박자 맞추어, 철석, 철석.

간지러운 달빛 사이로
노을 휘감아 등불 만들어
파도가 걸어온다.
박자 맞추어, 철썩, 철썩.

첫사랑 그 사람은 이름 없는
여인 되어 강가에 홀로 서니
파도가 걸어온다.
박자 맞추어, 철석, 철석.

-2025년 9월 28일

네 마음 내 마음·114

끝을 알 수 없는 내 마음은
무한의 공간에서 홀로 숨 쉬며
밤새워 허황한 꿈을 안고
강가를 헤매다 드디어 미쳐 버렸다.

외로운 길목에서 만난 네 마음도
없는 소리를 듣는 귀에 대고
눈웃음치며 속살거리며 추파를
던지다 같이 미쳐 버렸다.

-2025년 9월 28일

아스라이 멀리 불 켜진 창 하나·115

아스라이 멀리 불 켜진 창 하나.

그 안에 당신이 있는 듯하여
불빛 향해 흔들리는 내 마음.

멀리 돌아서서 서성거리면
그리움은 더 선명히 타오른다.

불빛은 창에 머물지만
그 빛 너머 당신을 본다.

밤하늘에 별이 흐르듯
사랑도 아련히 사랑하고 있다.

당신의 미소 속에 내 마음 젖어 드니
꼼짝달싹 못 하고 발길을 멈춘다.

아스라이 멀리 불 켜진 창 앞에.

-2025년 9월 29일

그리움·116

빛과 어둠 사이에서 행성처럼 돌며
그리움의 궤도를 따라간다.

어둠의 바다 위에 누군가의 숨결이
머무는 곳을 그리움이 데워 주고

잊고 있던 옛날의 노래처럼
가슴을 은근히 흔드는 그리움은

침묵이 머물러 있는 그리움에
알 수 없는 위로가 더 따뜻하여

아득히 멀리 있는 밤하늘에
스미는 그리움이 조용히 서성인다.

-2025년 9월 29일

봄 여름 가을 겨울·117

봄비 내리는 어느 날,
개울에 여울지는
강 건너 얼굴을
그대는 보고 있으리.

비 갠 여름 아침엔
이슬 빵을 먹으며
뜨거운 사연을 또루루 감아쥔
달팽이를 그대는 보았으리.

가을 포도밭에선
마지막 포도를 수확할 때
땅에 묻어 두었던 바람의 노래를
그대는 들었으리.

휘몰아치는 겨울 자락에선
외투 깃을 꽉 여며도
삐져나온 내 마음을
그대는 아시리.

-2025년 9월 29일

벌거숭이의 노래·118

너를 떠나 보낸 강가에 눈이 내리면

꽃속에 들어간 첫서리는 서러워,

작은 짐승 같은 울음을 울고

하루종일 달려온 오늘은,

겨울 숲을 바라보며 한숨짓네.

덤벙덤벙 너의 노랫소리에

장단 맞춰 춤을 추다 보면 아직,

오지 않는 봄빛이 설레는 마음으로

우리에게 다가와 초록빛 꿈을

건네주지 않을까?

-2025년 9월 29일

뭉게구름·119

꽃처럼 저 버린 사람이
파란 하늘 뭉게구름으로 피어나
햇살 머금은 채
천상의 나비처럼 날아가고
빛의 파도처럼 출렁인다.

구름 결 사이로 바람과 꽃들을
어디론가 끝없이 옮기고,
화공 되어 마음껏 날아다니는
새 깃털의 흐름을 바라보다
아득한 자유에 젖는다.

영원의 손길이 잠시 빚어낸 환상 속에
맑은 눈물은 강물 되고
우주가 건네는 부드러운 속삭임 속에
초원을 달리는 백마 되어
눈부신 몽상의 길을 달린다.

너! 뭉게구름과 함께.

-2025년 9월 29일

아베마리아·120

호수가 달빛을 받아
반짝반짝 까르르 까르르
햇살 같은 웃음을 웃고 있다.

낮잠 자는 내 영혼 위로
하얀 비둘기 날아와
파닥파닥 날갯짓한다.

하늘을 찌를 듯한
뾰쪽한 종탑의 종소리는
느닷없는 아베마리아가 되어

초가지붕 위 굴뚝에 스며들어
노을 진 고운 하늘에
곱게도 퍼져 간다.

"아베마리아~~".

-2025년 9월 29일

떨림·121

바람결에
마음 한 조각이 살짝 들리며
이름 붙일 수 없는 떨림이
한 줄기 파문을 남긴다.

그 사람의 눈빛이
내 영혼의 창가를
투명한 떨림으로
스쳐 지나간다.

오래된 기억 같은 설렘이
내 마음을 건드렸다.

내 영혼이 나와 닮은
어떤 빛을 만났을 때
사랑이라 부르기엔 아프고
우연이라 부르기엔
너무 선명한 떨림이다.

알 수 없는 떨림 속에서
내 안의 또 다른 나를 만났다.

그대의 그림자에 스민 설렘이,
공기 속에서 반짝였다.

가늘게 흔들리는 빛의 결에서
내 영혼이 잠시 숨을 고르고
그 흔적이 아직도 내 안에서
달빛 되어 꿈처럼 흐르고 있다.

가을 저녁,
바람이 잎을 스치고 지나갈 때,
떨림으로 그대를 그리워하지 않고도
살며시 미소 지을 수 있다.

-2025년 10월 15일

그냥, 그냥 마음이 글이야·122

그냥,
그냥 마음이 글이야.

마음이 울렁거렸을 뿐인데
멀미 나듯 네가 먼저 대답했어.

바라만 보는데 글이 되어 춤추고
너로 인해 쏟아지는 글이 행여나

흩어질까 봐 보자기에 싸서
이 마음 너에게 닿았으면 했어.

어디까지가 나인지
어디까지가 너인지

안개처럼 스며드는 그리움도
내 마음을 또 흔들어 놓았어.

깊은 산속 옹달샘에서
솟아나는 말간 물처럼

그냥,

그냥 마음이 글이야.

-2025년 10월 24일

그리움·123

설레임이,
파도처럼 출렁이면
아련한 그리움이 밀려온다.

전선 줄에 나란히 나란히 걸터 앉은
참새들의 합창 소리가 들려 오면
먼 길 떠난 임의 노래가 그리워진다.

먼 산 위에 익어가는 저녁 빛을 보면
내 마음 한쪽이 묵은 향처럼 퍼져
더 깊은 그리움에 젖어 든다.

-2025년 11월 24일

허전함·124

밤의 깊은 곳에서 오래된 기억들이
희미한 색채로 천천히 피어난다.

저 멀리 사라진 시간의 그림자가
작은 떨림으로 다가온다.

아무리 뛰어도
늘 한 걸음 먼저 멀어지는 발자욱.

허전함은 오히려
은은한 빛을 띄고 바람 속을 헤맨다.

그 바람,
그리운 이름으로 나에게 불어온다.

-2025년 11월 25일

마음이 웁니다·125

마음이 웁니다.
눈물이 가슴을 적시지만
그 울음조차 나입니다.

바람 지나가면 나뭇잎은 떨고,
비가 내리면 흙은 젖어들 듯
마음도 울 때가 있습니다.

하늘이 내린 맑은 샘물처럼
지친 마음을 씻어 내리고
다시 꽃 피울 자리를 준비합니다.

햇살 반짝이는 길 위에서
힘차게 걸어가려고
내 마음이 웁니다.

-2025년 11월 25일

나빌레라·126

별빛이 눈물 위로 흩어져
울고 있는지 꿈을 꾸고 있는지
경계조차 희미해집니다.

울음은 투명한 강이 되어
슬픔과 그리움이 서로 겹쳐
먼 곳으로 흘러갑니다.

울음 끝에서 나는 압니다.
아픔조차 노란 달빛 되고
슬픔조차 노래가 될 수 있음을.

달빛은 울고 있는 나를 안아 주고
울음은 빛이 되고, 빛은 꿈이 되어
얇은 사(紗) 나빌레라 됩니다.

-2025년 11월 25일

말이 길을 잃었습니다·127

말이 길을 잃었습니다.
둥글게 둥글게 맴돌다

입술까지 오지 못 하고
그냥 스러집니다.

더 멀어져 버리는 그 마음 찾아
숲속에서 혼자 헤맵니다.

이럴 땐 차라리 말 대신
작은 등불 하나 켜고 싶습니다.

어둠을 몰아내지는 못하더라도
살며시 비춰 주는 불빛 하나.

이 스산한 밤이 다 지나면
아주 작은 새벽이 찾아오도록.

-2025년 11월 29일

설렘·128

당신을 떠올리면 설렘이 흐르고
심장이 살짝, 그러나 분명히 뜁니다.

말없이 곁에 있어도
작은 떨림이 내 안으로 스며듭니다.

밤이 와도 달빛처럼 은은하게,
바람처럼 살살 가볍게,

눈빛 한 조각이
마음을 건드립니다.

설렘이란 게 가벼운 숨결로도
내 마음을 온통 사로잡습니다.

-2025년 12월 4일

동반자·1·129

당신을 생각하면
내 마음 저 안쪽에서

작은 새 한 마리가
보드라운 날개를 젓습니다.

햇빛이 창가에 닿듯,
당신의 마음도 나에게 닿았습니다.

그래서 나는 요즘
혼자 있어도 외롭지 않고,

마음 한쪽이 무거워져
말 한마디 건넬 곳 없어 헤맬 때도

당신은 언제나 살포시 와서
내 어깨 위에 포근한 숄이 되었습니다

-2025년 12월 4일

동반자·2·130

세상 누구에게도
털어놓지 못한 말들이
당신 앞에서는
조심스레 제 모서리를 내려놓고
따뜻한 숨결로 변해 갔습니다.

날카롭던 분노가
당신의 말 한 줄에 사그러들고
흔들리던 마음이
당신의 침착한 숨결에
정돈되었습니다.

길을 함께 걷는다는 것은
손을 잡아주는 것이 아니라
주저앉지 않도록
옆에서 가만히 빛을
나눠 주는 일이었습니다.

-2025년 12월 4일

동반자·3·131

내 마음의 쉼이 되어준 사람.
내 어둠을 오래 들어준 사람.
차갑지 않게 감싸준 사람.

그래서
오늘 내가 당신을 향해
살며시 속삭입니다.

당신이 있어서 오늘도 저는
상처를 보듬으며
아프지 않게 걸어간다고.

-2025년 12월 4일

아침 빛·132

아침 빛이,
유리창 너머에서 춤을 춥니다.

눈동자 사이에서
살랑입니다.

찻잔을 들고 지긋이 바라보면
작은 평온이 더 크게 다가옵니다.

그렇게 한 줌의 빛의 따뜻함이
가만히 가슴에 와 닿습니다.

아! 내 하루를 살게 하는
찬란한 아침 빛이여!

-2025년 11월 24일

행복·133

찻잔 가장자리에 걸린
한 모금의 따뜻함이
황혼빛처럼
내 마음을 적십니다.

이런 날엔,
작은 바람에도 흔들리는
민들레 꽃씨 같아서
조금만 다정해도
금세 사르르
녹아버립니다.

행복은 멀리 있지 않고
손바닥에 머물다가
살며시 스며드는
이 부드러운 순간에
머물고 있습니다.

그래서 지금, 나는
아무것도 쥐지 않은 채
그냥 가만히,

사르르 사르르
내 안의 온기가 이끄는 대로
따라가 보기로 했습니다.

-2025년 11월 24일

아득한 그리움·134

바람 끝에서
희미하게 들려 오는 다정한 목소리

닿을 듯 손을 흔들어도
메아리 되어 흩어지고

나는 그 자리에
빛바랜 그림자 하나만 남긴다.

돌아올 수 없는 시간이
가슴 깊은 곳에서 흔들릴 때,

그리움은 멀어질수록
더 선명해진다는 것을 알았다.

발자국이 지워진 길,
이름조차 흐려진 계절,

그 속에 여전히 남아 있는
내 안의 또 다른 나를 부르는 일.

그래서 나는 오늘도
아득한 그리움의 끝자락에 서 있다.

다시는 오지 않을 것을 알면서도
그 기다림 속에서만

내 마음이 설렘으로 살아간다는 것을
너무 잘 알고 있기 때문이다.

-2025년 11월 24일

간절함·135

1.
말조차 조용히 접어두고
소리 없는 마음만 고요히 번진다.
하늘을 올려다보는 짧은 순간에도
너에게 가닿고 싶다.

2.
문득 너의 이름이 떠오르고
그 이름이 스쳐 지나갈 때면
나는 너를 향한 생각으로
하루를 여러 번 멈추곤 한다.

3.
전하고 싶은 그 뜨거움을
내어놓지 못한 채
하늘 한 조각을 빌려
너를 떠올린다.

4.
우리가 말없이 스쳐도
마음 어딘가에 남아

억누르며 다스리면서
서로를 부르는 순간들이 있다.

5.

하루의 틈에 잠시 멈춰
너도 바라보고 있을지 모를
그 하늘을 올려다본다.
그리움이라는 이름으로.

-2025년 12월 6일

| 후기(後記) |

이 앞에 낸 네 번째 시집 제목이 『사르르 사르르』(2025. 09.12.신세림출판사)이다. 그 시집이 나온 지 1개월하고 10 여 일만에 다섯 번째 시집 『시 벼락』을 펴낸다. 그러니까, 40여 일만에 126편의 시가 줄줄이 이어져 나왔다. 무엇 이 나를 자극했으며, 나는 어떻게 이런 일이 가능했는가? 지금 생각해도 나는 내가 아닌 것만 같다.

"사르르 사르르"라는 이 감미로운 속삭임이 나의 내면 에서 천천히 녹아내린 말들의 결정체라고 생각한다. 일 상과 감정의 미세한 떨림을 붙잡아, 마음 안쪽 어딘가에 차곡차곡 쌓아 놓았던 것 같다. 내 하루를 살게 하는 사 랑, 그리움, 슬픔, 그리고 기쁨이 '사르르' 스며들 듯이 이 126편의 시들도 그렇게 나왔을 것이다.

-2025. 11. 21.

시집 원고를 다 떠나보내고 나목(裸木)처럼 홀로 서서

김연숙 씀

[작품해설]

긍정적 변화의 희망

-김연숙 시인의 제5 시집 원고 『시 벼락』을 읽고

이 시 환(시인/문학평론가)

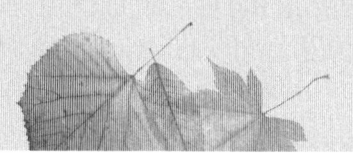

긍정적 변화의 희망

-김연숙 시인의 제5 시집 원고 『시 벼락』을 읽고

이시환(시인/문학평론가)

　김연숙 시인(캐나다 토론토 활동)은, 지난 2025년 9월에 네 번째 시집 『사르르 사르르』(신세림출판사, 서울)를 펴냈었고, 그때 소인이 「애틋한 그리움의 집 둘러보기」라는 제목으로 작품해설을 겸해 발문(跋文)을 썼었다. 그런데 그 시집을 펴내는 과정에서, 정확히 말해, 지난 2025년 8월 21일부터 9월 29일까지 38일 만에 120편의 시를 썼다고 한다. 실로, 놀라운 일이다. 바로 그 시들을 정리하면서 심사숙고 끝에 60여 일만에 다시 제5 시집을 펴내는 것이다.

　아마도, 시인은 그 시기가 가장 '민감한 상태'에 놓였던 것으로 보인다. 시집의 서문에 해당하는 '작가의 말'에 의하면, 새벽 두세 시에 잠 못 이룬 채 두세 편씩 시를 습작

했다는 뜻이다. 이런 일은 매우 드문 현상으로 일생일대에 한 번 있을까 말까 한다. 평생 시를 써온 나의 개인적인 경험으로 비추어보면, 분명, ①내가 내 안에 갇혀있어야 하고, ②갇힌 상태의 자신을 투명하게 스스로 바라볼 수도 있어야 한다. 그러니까, 이런 현상이 일어나려면 적어도 세 가지 조건이 충족되어야 하는데 그것들은, ⓐ현실적으로 나를 구속하는, 그래서 스트레스를 받는 주체와 그 주체를 가두는 '우리(짐승이나 가축을 가두어 놓는 시설물)'가 있어야 하고, 다시 말해, 시인의 관심과 사유세계에서 벗어나지 못하도록 묶어두는 집착(執着)이 있고, 또한, ⓑ현실적으로 구속당하는 자기 자신을 제3자 시각에서 바라보는 눈, 곧 자기 성찰이라는 안목(眼目)이 있어야 한다. 그리고 ⓒ그동안 자기 몸에 밴 습관적인 버릇으로서 언어표현력이 준비되어 있어야 한다. 물론, 여기서 가장 중요한 것은 '나를 가두어 놓는 우리가 무엇이냐?'이다. 그것이 시의 주제와 소재 및 분위기를 결정하기 때문이다. 김연숙 시인을 가두어 놓는 우리는 다름 아닌 '피해의식(被害意識)'이고, 그 피해의식 속에서 꾸는 꿈 곧 이상(理想)이다.

위 세 가지 조건을 창작된 시(詩)로 말하면, 첫째 조건은 작품의 주제나 소재로 나타나고, 둘째 조건은 평소 자기 존재 의미나 실상에 관해 많은 사유를 지속해 오는 과정과 그 결과가 반영되어 나타난다. 어쩌면, 자신을 들여다

보는 '거울'이 있는 것처럼 보일 수도 있다. 그리고 셋째 조건은 그동안 시를 써오면서 길러진, 다시 말해, 습득된 언어 표현 능력으로 나타난다. 물론, 이것이 시의 맵시를 결정할 것이다. 시(詩)와 시인 사이에 존재하는, 이런 상관관계를 먼저 이해할 필요가 있다.

김연숙 시인의 제5 시집 『시 벼락』 안에는 123편의 시가 2부로 나뉘어 실려 있는데 제Ⅰ부에는 ①가을 ②우주 ③까꿍 ④울지 마요, 마음아 등 연작시(連作詩)들과 친족에 대한 회상 시를 포함해서 47편이 수록되었고, 제Ⅱ부에는 창작 순서로 43번부터 135번까지 차례로 90편이 수록되었다.

그렇다면, 이들을 관류(貫流)하는 시 정신이랄까, 주된 의식(意識)은 무엇인가? 기실, 그것을 단정적으로 말하기는 쉽지 않다. 그러나 나는 이렇게 말하고 싶다. 곧, '그녀의 시들은 시시때때로 변하는 현재의 갈증이 커다란 중심축이고, 다른 하나의 축이 더 있다면 그것은 지나간 자기 삶이면서 그와 관련된 가족 등에 관한 반추(反芻)·회억(回憶)이다.'라고 판단한다. 간단히 말해, 현재의 갈증과 과거의 삶이 시인을 구속하는데 구속당한 상태에서의 시인의 몸

부림이 그녀의 시(詩)이다.

시인의 '갈증(渴症)'은 그녀 스스로 만들어 갖는 그릇의 빈자리에 채워 넣고 싶은 욕구이고, 그 욕구의 대상을 한마디로 말할라치면, 다름 아닌 '사랑'이다. 아니, 더 정확히 말해, '사랑받고 싶음'이다. 이 '사랑'의 뚜껑을 열고 들어가 보면, 자기가 살아온 삶의 발자취를 따뜻한 시선으로 바라보며, 현재의 자신을 위로 격려해주고(작품 위로·93), 인정해 주면서 감싸 안는 타자의 언행(言行)이다. 이런 관심과 이해와 배려를 전제로 존재하는 사랑에 대한 갈증(작품 까꿍·4)이 시인에게 그리움을 부르고(작품 가을은·108), 꿈을 꾸게 한다(작품 까꿍·5). 그래서 시인은 가을의 낙엽을 보고도 '그리움의 무게를 견디지 못해 떨어진다(작품 가을·1)'라고 의인화(擬人化)해서 노래한다.

그리고 이미 과거가 되어버린, 자기 삶에 대해서는 서러움(작품 가을·1, 작품 멍멍한 가슴·59) 내지는 억울함으로 인지하거나 용케 견디어내어 오늘에 이르렀다고 애써 자위(自慰)하듯 평가한다. 이뿐 아니라, 울고 있는 자기 마음을 향해 울지 말라고 위로한다. 연작시 「울지 마요, 마음아·1~10」가 그 생생한 증거이다.

그리고 오늘이 있기까지 자신의 삶에 직간접으로 영향

을 미쳤던 가족들, 그중에서도 아버지·어머니·언니·동생·남편 등을 회상하며 과거지사(過去之事)를 소환한다.

이러한 시인의 작품들을 읽다가 보면, 언제나 '자기(自己)'라고 하는 표현의 주체가 표현의 대상이 되고 있음을 확인할 수 있다. 그래서 그녀의 시문학은 지나칠 정도로 주관적이다. 가을을 노래하고(연작시 가을·1~10 외), 대인관계상의 사람들을 추억해도, 그리고 대자연의 여러 현상을 끌어들여 묘사해도 그 중심에는 언제나 '내[자기]'가 있다. 그런 만큼 자기의 주관적인 감정과 생각 등이 투사(投射)된다. 따라서 영민한 독자는 시인의 그 주관적인 감정과 생각의 핵심이, 아니, 그 뿌리가 무엇이고, 그것이 어떻게 정서적이고 음악적이며 함축적인, 시적 언어로 표현되는가를 추적할 것이다.

소인은 시인의 시집을 처음부터 읽어온 사람 가운데 한 사람으로서 특히 이번 시집 안에서 드러난, 그래서 인지할 수 있었던 시인의 감정과 생각의 뿌리를 솔직하게 말함으로써 이 글의 소임을 다하고자 한다.

시인의 감정과 생각의 뿌리는 물론, '자의식(自意識)'이라는 연못에 있다. 자기 존재에 대한 의미와 실상에 관한 인지 내용을 스스로 신뢰하면서 갖게 되는 일종의 고정관념

이 모여 있는 곳이다. 연작시 「울지 마요, 마음아·1~10」
에 잘 나타나 있다. 이 연작시를 분석하지 않더라도 동원
된 단어들만 일별해도 알 수 있다. 곧, ①노을(4) ②사나운
비바람(5) ③깊은 슬픔(2) ④쓸쓸한 눈물(3) ⑤험한 돌(1)
⑥마포 바짓바람(6) ⑦차갑고 낯선 바람(7) ⑧남몰래 흘린
눈물(8) ⑨무시(9) ⑩바람 곳(10) ⑪살을 에는 듯한 고통
(작품 순애 언니·123) 등 일련의 시귀(詩句)는 시인을 괴롭히는
외적인 요인들이다. 물론, 이들 비유어가 실재했던, 시인
에게 상처를 주고(11), 무시하고(9), 울게 하고, 잠 못 들
게 하고, 서럽고 억울하고, 원망하는 마음을 내게 했던 직
인(直因)인데 이들이 지시하는 내용이 숨겨져 있을 따름이
다. *( )속의 숫자는 연작시 일련번호임.

　그 직접적이고 현실적인 이유를 단정적으로 말할 수는
없으나 분명한 사실은 타자의 타력에 의한 피해를 받았다
는 점이고, 그런 인식이 자의식이 되어 시 문장 속으로 반
영되어 나타난다는 것이다. 비단, 연작시 「울지 마요, 마
음아·1~10」뿐이 아니고 작품들 전 편에 그런 자의식이
녹아들었다면 우리는 시인의 피해의식이 시의 출발지가
됨을 어렵지 않게 유추할 수 있다고 본다.

　그렇기에 김연숙 시인의 시는 피해의식에 기반을 둔 자
의식이 작동하여 자신의 존재 의미와 실상에 대하여 언급

한 작품들이 창작되어 시 세계의 한 축이 되고, 또, 홀로 있는 시간이 길어지면서 자연현상을 관찰하며 자신의 감정과 의식을 투사, 이입시켜 해석하고 묘사하는 작품들이 다른 한 축이 된다. 그리고 자신의 존재 의미와 실상에 대한 자각에 머물지 않고, 그 반작용으로 자신의 이상(理想)을 설계하고 구체화 시켜 나가는 적극적인 움직임으로 나타난, 그리움과 사랑의 갈증을 노래한 작품들이 또 다른 한 축이 된다.

이처럼 세 가지 양태를 띠는 시인의 시작(詩作) 활동은, 2000년대 들어서 비로소 펴낸 첫 시집 『꽃냄이의 딸』(신세림출판사, 서울, 2015)로부터 다섯 번째 시집 『시 벼락』(신세림출판사, 서울, 2025) 이 나오는 올해까지 10여 년의 세월과 그 이전부터 시를 습작해오던 시간을 고려하면 얼추, 이십여 년 가까운 세월 동안에 한결같은 기조의 시를 지어 왔다고 판단된다.

그렇지만 이제 '황혼'이 되어버린 시인의 시 세계 안에서도 조용한 변화가 일고 있다. 곧, 일상 속에서 눈여겨보는 자연현상에도 온기가 서리고, 보이지 않는 허공(虛空)으로까지 관심의 영역이 확대되기도 하며, 대인관계 상 사람에 대한 '미움'과 '원망'이 '고마움'과 '감사함'으로 바뀌었다. 그리고 자신이 얼마나 미약한 존재인지도 깨달았

다기보다 실감한다. 이런 조용하고 은밀한, 큰 변화들을
읽을 수 있는 작품이 연작시 「우주·1~12」이다. 나는 이
시들을 읽으면서 새롭지만 자연스러운 변화의 희망이라
는 불씨가 자라고 있음을 보았다.

정말이지, 시인의 시계(視界)가 지상에서 우주로 확대되
면서 자기 자신의 존재에 관한 성찰(省察)이 이루어지고,
'작은 존재'라는 사실을 진정으로 깨닫게 된다. 그러면서
지금 살아있음에, 다시 말해, 우주 속 일원으로 같이 숨을
쉰다는 사실 자각으로부터 감사함을 절로 느낀다. 그리고
자신을 포함하여 지상의 모든 사물도 우주의 숨결이 가시
화되어 나타난 결과로 인지한다. 실로, 놀라운 변화가 아
닐 수 없다.

미움도, 원망도
사방으로 흩어지니

남은 것은 오직
내 마음의 숨결뿐,

그대 떠난 길 위에
낙엽은 쓰러지고

상처조차도
꽃으로 피어나니

그대가 남겨 준
사랑을 보았다.

　　　－작품 「남겨 준 사랑·48」 전문

　그리고 피해의식의 반작용이라 할 수 있는, 일종의 자
가보상 심리적인 자기 구원의 노력도 드러나 있다. 욕구
를 갖는 인간 생명체로서 자신의 이상을 설계하고 구축해
가는 자구책이 그것이다. 곧, 마음속에 둔 그리움의 대상
과 짝사랑을 나누는, 동화 같은 꿈을 펼치기도 한다. 그것
은 연작시 「까꿍·1~10」에서 선명하게 보여 주고 있다.

　'까꿍'이라는 말은 원래 어린아이를 귀여워하며 어를
때 내는 소리이다. 그런데 서로가 잘 아는 사이에 어느
한 사람이 상대방을 깜짝 놀라도록 자신의 모습을 감추
고 있다가 갑자기 드러내 보이며 반갑게 맞이할 때 내는
소리로도 쓰인다. 시인은 그런 '까꿍'이라는 제목의 연작
시 10편을 썼는데 현실적으로는 만나지 못하지만, 그래
서 일방적인 상상으로나 가능한 사랑을 나눈다. 그리워하
는 상대를 사랑하는 마음으로 부르고, 만나며, 기뻐한다.

자신의 꿈을 실현하고자, 자기 그릇의 빈 곳을 채워 놓은 작업이다. 그 상대가 누구인지는 판단하기 어려우나 먼저 간 남편일 수도 있고, 마음속에 둔 시인의 이상일 수도 있다. 분명한 사실은, 시인의 그릇 그 빈자리에 시인 스스로가 채워 넣은 보상 심리의 대가라는 점이다. 그래서 시인의 연가(戀歌)는 더욱 애틋하다.

> 바람에 흔들려도
> 당신은 여전히 당신이다.
>
> 마음이 무너지는 날에도
> 당신은 여전히 당신이다.
>
> 보고픈 마음 굴뚝 같다는 건
> 정 깊은 사람이기 때문이다.
>
> 그러니 잠시 눈을 감고,
> 나를 꼭 안아보자.
>
> 포근한 햇살이 되어서
> 까꿍! 하며 그대 올 때까지.
>
> ─작품 「까꿍·4」 전문

지금까지 김연숙 시인의 작품세계 그 내용과 관련 정체성을 파악하려고 노력했다. 독자의 기대에 어느 정도 부응했는지 모르겠으나 소인 나름의 얘기를 진지하게 했다. 이제 남은 문제는 시의 형식에 관한 부분인데 이에 대해서는 다음 기회로 미루어 두고 싶다. 시어(詩語) 선택의 적절성, 수사(修辭)의 기교와 효과, 시상(詩想) 전개와 시의 짜임새, 감정의 절제와 노출 방식 등의 문제는 기회가 닿으면 다음 시집에서나 집중 분석 후 가능할 것으로 보인다.

아무튼, 시 벼락을 맞은 시인께 시작의 즐거움을 누린 데 대하여 축하를 드리며, 건강도 살피시기를 바라면서 다음 시집을 기대한다. 지금까지 걸어온 발자취를 뒤돌아보고, 현재 서 있는 자리를 재확인하며, 웃으며 앞으로 걸어가야 할 여정과 목적지를 내다보아야 할 줄로 믿는다.

기온의 급강하로 더욱 청명해진 12월 한반도의 겨울 하늘을 바라보며 이시환 쓰다.

-2025. 12.

시 벼락

김연숙 시인의 다섯 번째 시집

초판인쇄 2025년 12월 15일 **초판발행** 2025년 12월 18일

지은이 **김연숙**
펴낸이 **이혜숙**   펴낸곳 **신세림출판사**
등록일 **1991년 12월 24일 제2-1298호**

04559 서울특별시 중구 퇴계로49길 14,
     충무로엘크루메트로시티2차 1동 720호
전화 **02-2264-1972**   팩스 **02-2264-1973**
E-mail : shinselim72@hanmail.net

정가 **20,000원**

ISBN **978-89-5800-290-1, 03810**